滇版精品出版工程专项资金资助项目

深山走出脱贫路

云南人口较少民族脱贫发展之路

幸福都是奋斗出来的

怒江脱贫攻坚故事连环画选

主 编：郑 义

副主编：茶凌云 杨绍红 曹荣春

◎ 中共怒江州委宣传部
◎ 怒江州文学艺术界联合会 编

云南科技出版社

·昆 明·

图书在版编目（CIP）数据

幸福都是奋斗出来的. 怒江脱贫攻坚故事连环画选 /
中共怒江州委宣传部，怒江州文学艺术界联合会编. --
昆明：云南科技出版社，2025
（深山走出脱贫路：云南人口较少民族脱贫发展之
路）
ISBN 978 - 7 - 5587 - 4149 - 4

Ⅰ. ①幸… Ⅱ. ①中… ②怒… Ⅲ. ①连环画 - 作品
集 - 中国 - 现代 Ⅳ. ①I217.1

中国国家版本馆 CIP 数据核字（2023）第 202977 号

幸福都是奋斗出来的. 怒江脱贫攻坚故事连环画选
XINGFU DOUSHI FENDOU CHULAI DE. NUJIANG TUOPIN GONGJIAN GUSHI LIANHUANHUA XUAN
中共怒江州委宣传部　怒江州文学艺术界联合会　编

出 版 人：温　翔
责任编辑：洪丽春　蒋朋美　曾　芫　张　朝
助理编辑：龚萌萌
封面设计：解冬冬
责任校对：秦永红
责任印制：蒋丽芬

书　　号：ISBN 978 - 7 - 5587 - 4149 - 4
印　　刷：昆明天泰彩印包装有限公司
开　　本：787mm×1092mm　1/16
印　　张：10. 25
字　　数：236 千字
版　　次：2025 年 2 月第 1 版
印　　次：2025 年 2 月第 1 次印刷
定　　价：58. 00 元

出版发行：云南科技出版社
地　　址：昆明市环城西路 609 号
电　　话：0871 - 64114090

《幸福都是奋斗出来的——怒江脱贫攻坚故事连环画选》编委会

主　编：郑　义
副主编：茶凌云　杨绍红　曹荣春
文字、绘画：杨齐福

目　录

幸福都是奋斗出来的——怒江脱贫攻坚故事连环画选之一

独龙之子高德荣

● 1　高德荣是全国人民熟知的楷模人物。近几年间，高德荣获得过"全国敬业奉献模范"称号、全国脱贫攻坚奖，当选了党的十九大代表，获得"人民楷模"国家荣誉称号和"最美奋斗者"个人称号等。

● 2　高德荣是独龙族人，他当过云南贡山独龙族怒族自治县县长，被当地人亲切地称呼为"老县长"。在半个多世纪的时光中，他的传奇故事和获得的殊荣与贡山独龙族怒族自治县的各族群众紧密地联系在一起。

●3　独龙族是个跨境而居的民族，在我国的总人口只有数千人，绝大部分聚居在云南边陲独龙江河谷。独龙族人口虽少，但它也是全国 56 个民族大家庭中的一员。独龙江河谷被担当力卡山和高黎贡山夹持，一度是与外界隔绝的世外桃源。独龙江地区地处边远、偏僻，但幅员辽阔、资源丰富、风光美丽，是深受关注的一块边陲疆土。

●4　历史上，独龙族因居住环境封闭、与外界没有交往导致社会形态发展落后，人们过着刀耕火种、采集渔猎、花开辨时、刻木记事的生活，直至中华人民共和国成立后，独龙族才从原始社会形态直接过渡到社会主义社会。

幸福都是奋斗出来的 ┼ 怒江脱贫攻坚故事连环画选

●5　由于独龙族居住的地方遥远偏僻，加之高山深箐阻隔，独龙江河谷与外界之间的交通往来十分不便。1964年，在国家的援助下，贡山独龙族怒族自治县（以下简称贡山县或贡山）政府花了很大力气，在高黎贡山东西两麓修通了一条从贡山县城到独龙江乡的65公里长的人马驿道，这在当时是一次历史性的跨越。

●6　从1965年开始，每年天气变热、冰雪消融之后，大批马帮行走在山间驿道上，把粮食和生产生活所需的各种物资驮运到独龙江，供给独龙江的群众和那里的乡级机关、学校、医院及边陲驻守部队等。而在此之前，独龙江的物资供给全靠人力背运。

●7　但是，每年冬春季节，高黎贡山山顶都会因为下雪而被积雪覆盖，山顶地段的驿道便会被阻断，时间可长达半年之久。物资运输及行人往来都要到次年春暖花开、冰消雪化之后才能通行。大雪封山期间，独龙江成为与世隔绝的一隅，年复一年。

●8　没有通往独龙江的公路及整个独龙河谷地区没有公路的状况，依然影响着人们的生活和文明进程——简陋的住房、落后的生产方式、封闭的处境严重制约了独龙族群众的生产发展和生活改善。那里"夜不闭户，路不拾遗"的状况与其说是良好的社会风尚，不如说是人们贫穷至极、家无值钱之物的真实写照。

● 9　在国家实行改革开放之前的贫穷年代，独龙江地区因为遥远偏僻而不受关注，当地县、乡两级政府一任又一任的领导呼吁请求修路，皆因国家困难、资金缺乏而落空。独龙江地区成了里面的人出不来、外面的人进不去的一块荒芜而美丽的秘境。

● 10　1972年秋，18岁的高德荣被怒江州民族师范学校首次招生录取。他背着行李、用具，跟着从独龙江返回贡山县城的马帮队伍踏上了求学之路，足足徒步行走了两天半，走得小腿抽筋、脚底起泡，才到达了贡山县城。

● 11 　之后，高德荣才坐上了汽车前往学校所在地——当时的怒江州州府碧江。徒步行走与乘坐汽车让高德荣体验到了劳累与轻松、费时与快捷两种不一样的感受，让这位第一次走出闭塞乡土的独龙族青年感受到了山里山外的差距，他的心底当时就冒出了"公路能否通到自己家乡"的疑问。

面向现代化

● 12　高德荣完成了 3 年师范学业之后，怒江州的州府从碧江迁到六库，州民族师范学校也顺理成章地搬到了新的州府所在地。20 世纪 80 年代的中师毕业生属于不可多得的知识分子，毕业时，高德荣被学校留下，并安排他到学校团委和图书室工作。

7

● 13 在州府所在地工作，工作和生活条件要比基层好，而高德荣心里时常惦记着家乡独龙江，时常想念着独龙族的父老乡亲。他有着强烈的报答家乡的愿望，于是向相关部门提出调回贡山独龙族怒族自治县独龙江区工作的申请。

● 14 1979年3月，高德荣从州府六库调回贡山独龙族怒族自治县独龙江乡的巴坡完小任教。20世纪80年代，中国已经沐浴着改革开放的春风，日常的生活物资逐渐丰富起来并惠及普通大众，而遥远偏僻的独龙江地区因交通运输状况极差，当地人民群众的生活仍然十分艰苦。

● 15 当时有人列举了独龙江"四多"的情况：下雨多——每年 300 天左右是阴雨天气，蚊虫多——叮咬人很厉害，流行性疾病多——痢疾、疟疾等疾病时常侵袭身体，蛇和蚂蟥多——独龙江畔只有窄窄的小路，路边深深的草地里栖息着蛇类和蚂蟥，让过路人心惊。

● 16 因此，在独龙江地区生活和工作的人，出门要带"四宝"：砍刀——随时需要砍开荆棘和草丛才能行路，背篓——外出时带的东西大多需要装进背篓里，绑腿——行路时防止蛇和蚂蟥袭击，雨衣——防雨。"四多、四宝"之说，道出了人们的工作和生活环境异常艰苦。

● 17　高德荣从小在独龙江生活，艰苦环境于他来说不在话下。他努力工作，从一名普通教师到巴坡完小教导主任，之后因工作需要，他又历任独龙江区副区长、党委副书记、独龙江乡乡长等职。

● 18　1988 年，在他担任独龙江乡乡长期间，积极向上级反映独龙江的艰苦状况，尤其是反映独龙江两岸没有公路、缺少江桥给群众带来的诸多不便和导致的种种困难。他请求上级拨款给独龙族人民修一条从独龙江到贡山县城的公路，他认为这是一条希望之路、幸福之路。

●19　有一次，他带上乡里的两位干部直接向省级有关部门反映独龙江的贫困情况，省里一次性给独龙江乡安排了 350 万元的项目资金。乡里用这笔款新建了一座小型电站、四座人马吊桥和扩建了独龙江乡卫生院、中心校等，这也让家乡的人们开始对他的能力给予极大的赞许。

●20　1993 年，他被调到贡山县人大常委会任职。此后的近 20 年间，高德荣历任贡山独龙族怒族自治县人民政府副县长，贡山县人大常委会主任，贡山县委副书记、贡山县人民政府县长，怒江州人大常委会副主任等职务。他在担任上述领导职务期间，留下了许多感人的故事。

● 21　1996 年，中华人民共和国交通部拨款修建独龙江公路。经过 3 年奋战，1999 年 9 月，一条始于贡山县城、翻越高黎贡山至独龙江边、全长 96.2 公里的独龙江公路的土路建成通车，结束了独龙江地区不通公路、物资全靠人背马驮的历史。

● 22　当汽车开到独龙江畔的时候，独龙江畔沸腾了。人们欢欣鼓舞，他们围着从没有见过的车辆久久不离地观看，惊讶得不可名状。时任贡山县副县长的高德荣尤为兴奋，他对独龙族同胞说："我们的梦想正在变为现实。"

● 23　这一天，独龙族人民举行了盛大的传统风俗"剽牛祭天"活动，用这一独特的仪式庆祝独龙江公路建成通车。在独龙江乡政府所在地，篝火熊熊、美酒飘香，兴奋的人们边敲着锘锣边唱着独龙族民歌，感谢中国共产党，感谢国家为他们建起通向幸福的公路！

● 24　高德荣担任县长期间，在同事眼里，他是个聪明、执拗的"工作狂"，他的工作地点都在车上、乡镇、村寨和基层单位。徒步行走、溜索渡江，这些古老的通行方式是高德荣在怒江边、独龙江边的村寨下乡工作时经常采用的，他已经习惯了这种劳累、惊险和挑战，深入基层时，唯有这样才能完成工作。

●25 因为勤于下乡调研，他对乡情、村情都非常熟悉。他常说："一大堆计划不如为群众办一件实事。"他常常为群众解决实际问题，并且没有官架子。"在路上遇到落石和塌方这种常见事，每次都是他带头去搬石头、挖泥土。"他的驾驶员说。

●26 高德荣是一个性情直率、敢言敢说的人，有人评价他是"小个子大情怀"。在他担任全国人大代表和出席全国人民代表大会期间，他就独龙江地区的保护和开发问题向全国人大提了200多件议案，被省里一起出席会议的同志称为"明星代表"，他的议案引起了国家对独龙族的帮扶和对独龙江地区发展建设的重视。

● 27 2005年2月，贡山县遭遇百年未遇的特大雪灾，时任县长的高德荣夜以继日地奔波在灾区。十多天里，他跑遍了怒江沿岸的二十几个村委会。每到一处，他挨家挨户了解灾情，慰问灾民，安抚群众，鼓励受灾群众克服困难、战胜灾害。

● 28 独龙江公路修通之后，吸引了外地游客前往观光游览，高德荣很高兴独龙江终于走出了秘境。当得知暴风雪使游客的车辆被困在独龙江时，他很着急，立即赶赴现场组织救援。他不顾一把年纪，亲自在雪地里为游客推车，全无领导的架子。这一幕让来自北京的游客深有感触，他们说："这个县长真好！"

● 29　2006 年，高德荣卸任县长职务。同年 2 月，他当选为怒江州人大常委会副主任，组织上给他安排了州府的住房和办公室，他的妻子和女儿都为即将随他迁居州府六库、享受悠闲舒适的城市生活而十分高兴。可是，高德荣却不喜欢这样的舒适生活。

● 30　他一句"独龙族同胞还没有脱贫，我的办公室应该设在独龙江"的惊人话语，让家属失望，让组织惊讶。高德荣说的和做的一致，他诚恳而郑重地向州里提出调回独龙江工作的申请，组织上理解他的想法，安排他担任独龙江扶贫工作领导小组副组长。

● 31 于是，在 2006 年的某一天，高德荣踏上了回独龙江的路。和 28 年前放弃了在州府工作以及较好的生活、工作条件，回到艰苦的独龙江一样，他再次融入了故乡的父老乡亲中，为独龙族群众的脱贫致富尽自己最大的努力。

17

● 32 长期以来，独龙族群众居住在分散且简易的茅草房、篱笆房中，缺乏最基本的公共服务配套设施，特别是以交通为主的基础设施十分薄弱，通乡公路因翻越高黎贡山，每年大雪封山阻断通行长达半年；通村公路等级低、养护差、通行能力弱。

● 33 据统计，2009 年末，全乡有 12 个自然村（350 户 1245 人）不通公路；
31 个自然村（896 户 3306 人）不通电，通电率仅为 29%；31 个自然村（789 户 1879 人）
饮水困难，没有邮政所和金融服务机构，群众与外界联系渠道少，处于较为封闭状态。

● 34 农业生产没有支柱产业，自我发展能力弱，多数群众吃粮基本靠退耕还
林补助粮，花钱靠农村低保。2009 年末，独龙族人均生产粮食 201 公斤，人均经济
纯收入 916 元，处于整乡整族贫困状态。

● 35　高德荣再次回到独龙江工作后，积极配合县、州、省三级在独龙江地区推进的扶贫工作。作为当地人，高德荣熟悉独龙族贫困的原因——受刀耕火种原始习惯束缚、素质低下和缺乏发展带头人，他认为自己有责任和能力发挥作用改变现状。一段时间之后，独龙江畔有了一片种植草果、重楼、石斛等经济作物的基地和蜜蜂养殖场，这些都是高德荣出资建成的。

● 36　当基地里的种植业、养殖业获得成功，有了好的经济效益回报之后，高德荣开始动员、招募独龙族群众到他的基地里帮忙干活。他认为现在最重要的是把种植、养殖经验推广给群众，使他们抛弃懒散、观望的习惯，拓宽增加收入的渠道。

● 37　高德荣的办法很有效，在他的基地学习到种、养技术后，许多独龙族群众开始了自家的种养事业并有了可喜收获。后来，在一次高德荣事迹宣讲报告会上，独龙江孔当村委会主任普光荣说："在老县长高德荣的带领下，独龙江乡群众种植草果 10 多万亩，养殖蜜蜂 1.7 万多箱，光这两项就让独龙族群众每人每年增加收入 1700 多元。"

● 38　在带动独龙族群众发展种植、养殖业的过程中，高德荣随时思考着独龙江开发与保护的问题。他告诉乡亲们不要捕猎、电鱼，不要上山砍树当柴火烧，他的倡导非常有利于生态保护。他说："发展和保护的问题处理好了，独龙江就是我们的绿色银行。"

● 39　在此期间，从云南省省级层面展开的"独龙江乡整乡推进独龙族整族帮扶"行动计划，在怒江州和贡山县的鼎力配合下，收到了很好的效果：5 年共落实建设资金 13.04 亿元，州委先后抽调 118 人次的独龙江帮扶工作队队员进驻独龙江乡 6 个村委会 26 个自然村，全力以赴开展帮扶工作。

● 40　截至 2014 年末，全面组织实施并完成了"独龙江乡整乡推进独龙族整族帮扶"安居温饱、基础设施、产业发展、社会事业、素质提高和生态环境保护六大工程和后两年巩固提升项目，独龙族人民的生活水平有了跨越性的提高。

　　●41　1999年建成的独龙江公路，结束了物资运输由人背马驮和行人往来需徒步的历史，但是，穿越高黎贡山的公路隧道海拔较高，每年冬春季节仍被积雪覆盖而无法通行。在云南省启动的"独龙江乡整乡推进独龙族整族帮扶"的重大决策中，确定投资6亿多元，对独龙江公路进行彻底改造。2011年1月8日，独龙江公路改建项目由国家发展改革委正式批准立项；同年1月29日，项目开工建设。

　　●42　高德荣非常关心独龙江公路改造项目，每年快到封山和开山季节时，高德荣都要驻守雪山，少则一个星期，多则两三个月，与施工人员一道挥铲抢锹，为的是让运输物资的车辆多一些进出独龙江乡的时间。

●43 年近60岁的高德荣为何这样拼呢？原来，2007年5月，高德荣经历了一次雪崩险情。那年初夏，他到独龙江下乡，山顶的路段不时有雪崩发生，有一辆装载机在这一路段守候作业，推雪开道之后方能通行。

●44 当高德荣经过这一路段的时候，他下了车行走在雪崩常发的区域，他一边观察着装载机的作业情况，一边思索着避开积雪影响通行的办法——只有公路改道、降低海拔才能保证常年畅通。然而就在这时雪崩又突然发生了，他几乎被崩雪掩埋，幸亏在场的装载机司机阿寨及时发现，他才躲过一场生死劫难。

● 45　如今，提起在独龙江公路上的"历险记"，高德荣早已不当一回事，因为走这条路遭遇险情已经是家常便饭了。高德荣说："多一段路、多一座桥，就能尽快连通山外发展的'大动脉'，而彻底改善交通条件是我和所有独龙族群众最大的心愿。"

● 46　2014 年元旦前夕，高德荣到独龙江公路新隧道施工现场看望工程队，了解进展情况。当他看到 6.6 公里长的新隧道即将贯通，心情无比高兴——因为这意味着公路位于山顶地段在冬季被冰雪覆盖，使独龙江地区处于封闭的日子将彻底结束。

●47　心情激动的高德荣和另外几位独龙族干部群众谈论着新隧道通车的话题：这一时刻与 1964 年修通独龙江人马驿道和 1999 年独龙江公路通车一样具有重大意义，他们认为应该把这一特大喜讯告诉国家最高领导人，几个人一阵商量后，连夜起草了一封信函并发往了北京。很快，国家最高领导人回信了！

●48　习近平总书记在回信中说："获悉高黎贡山独龙江公路隧道即将贯通，十分高兴，谨向独龙族的乡亲们表示祝贺！独龙族群众居住生活条件比较艰苦，我一直惦念着你们的生产生活情况。希望你们在地方党委和政府的领导下，在社会各界帮助下，以积极向上的心态迎战各种困难，顺应自然规律，科学组织和安排生产生活，加快脱贫致富步伐，早日实现与全国其他兄弟民族一道过上小康生活的美好梦想。"

● 49　事实胜于雄辩。独龙江乡在云南省实施"整乡推进、整族帮扶"的举措中又有了可喜的变化：独龙江畔草果飘香，"蜜"香四溢。这个过去习惯于刀耕火种的民族，如今个个是种植养殖的好手。正如高德荣期盼的那样，独龙江峡谷正在变成当地人的"绿色银行"——如果人勤劳、能吃苦，就能在种植养殖中赚到钱和积累财富。

● 50　在国家大力投资扶持下，独龙江畔的人们住上了一幢幢别墅式的农家安居房，独龙江乡村村通公路、通电、通 4G 网络。这片不久之前还是闭塞荒芜的疆土，今天处处充满着现代文明的气息，独龙族人和城里人一样享受着上网、通电话、看数字电视等现代生活。高德荣无比欣慰。

幸福都是奋斗出来的

●51 2018年，独龙江乡6个行政村实现了整体脱贫，独龙族实现了整族脱贫这一美好愿望。当地群众委托乡党委给习近平总书记写信，汇报了独龙族实现整族脱贫的喜讯，表达了继续坚定信心跟党走、为建设好家乡同心奋斗的决心。

●52 2019年4月10日，习近平总书记给云南省贡山县独龙江乡群众回信，祝贺独龙族实现整族脱贫，勉励乡亲们为过上更加幸福美好的生活继续团结奋斗。并强调，脱贫只是第一步，更好的日子还在后头。希望乡亲们再接再厉、奋发图强，同心协力建设好家乡、守护好边疆，努力创造独龙族更加美好的明天！

● 53 2019年9月29日上午，中华人民共和国国家勋章和国家荣誉称号颁授仪式在人民大会堂隆重举行，习近平总书记向怒江州人大常委会原副主任高德荣颁授了"人民楷模"国家荣誉称号奖章。

● 54 高德荣说，习近平总书记的每一次亲切关怀，都带给独龙江乡干部群众巨大的鼓舞，成为大家团结奋斗的动力。目前，独龙江正在发展壮大草果、重楼、羊肚菌等绿色产业，逐步发展生态旅游产业，巩固拓展脱贫攻坚成果。独龙江的明天一定会更加美好！

背篓医生管延萍

●1　说起管延萍，人们都知道她获得了中共中央宣传部表彰，被授予"最美支边人物"称号，她的先进事迹在全国范围内迅速传扬，获得了普遍点赞。以下，我们就从她接诊和护送一名产妇分娩的事情揭开她的故事序幕。

●2　云南省怒江州贡山独龙族怒族自治县的丙中洛镇和西藏察隅县的察瓦龙乡，是坐落在怒江江畔两个紧邻的乡镇，从古到今，两地居民间生活来往很密切。这一天，一名从察瓦龙来的待产妇女到丙中洛卫生院挂号就诊。

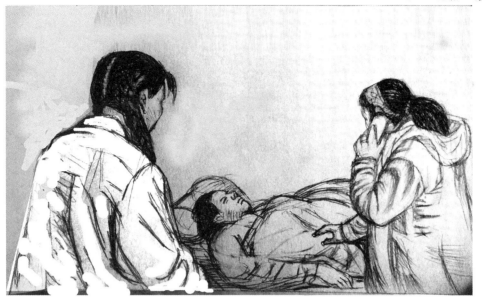

●3 卫生院妇产科医生管延萍给孕妇做了产前检查。这名藏族待产妇女名叫张梅，怀的是头胎，看上去她身子有些过胖且虚弱，原来她已过了预产期5天。张梅本来想在家待产，自然分娩，可这几天头晕作呕，吃不下饭，就赶紧来卫生院了。

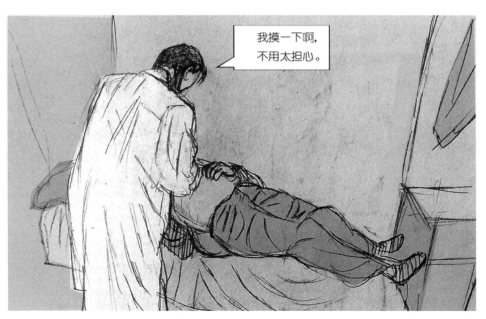

我摸一下啊，不用太担心。

●4 在人口较少民族居住的偏僻山区，因为离医院远、不方便就医，生孩子历来被当作很简单的事情——请个接生婆，一把剪刀一块布，烧壶热水洗一下就解决问题了。然而，现实生活里不乏意外的危险情况，待产妇女的分娩过程就像经历鬼门关般凶险，所以到医院里生孩子逐渐成为大多数人的选择。

● 5　张梅在来丙中洛卫生院的路上已经耽搁了 4 个多小时，此时已处于产前阵痛阶段，她的各项指标不太乐观。乡镇卫生院的条件没有县级医院完备，为确保张梅分娩的安全、顺利，管延萍准备把张梅转送到县医院去。管延萍一边联系贡山县医院，一边安慰着张梅说："胎儿又动了，我准备给你摸一下，看宫口开了几指，不用太担心，等过了这段宫缩疼痛就好了。"

● 6　张梅的腿脚浮肿，血压升高，体质较差。管延萍想，张梅的状况不好，有发生子痫的风险，对于孕妇的产前监控和护理尤为重要。于是，联系妥了县医院后，为确保张梅转院途中平安，管延萍要一路护送她去县医院。

●7 可是，由于怒江州绝大部分都是高山峡谷地貌，从丙中洛到贡山县城，唯有位于怒江边的贡丙公路可走，而近期丙中洛到县医院的这段路正在修，通行不畅。几十公里的路程，路面凹凸不平，路况复杂，开车和乘车都很辛苦。

赶快量血压，注意观察。

●8 因担心途中出现堵路或车辆抛锚等意外情况，管延萍严密监控产妇情况并做好出现意外时的应急处理预案。她同时联系了周边卫生院的救护车给予支援，以备应急所需。

●9　因为路况差，救护车走走停停，50公里的路好像几百公里似的，折腾了不少时间。管延萍时不时地给张梅量体温、测血压，一刻不停地观察着张梅的状况，此时她最担心出现意外，如果产妇在路上羊水破了提前分娩，或者出现婴儿窒息，抢救工作是很麻烦的。

路不好走，但有我们在，你别怕。

●10　张梅的宫缩越来越急，疼得叫出声来，加之路面凹凸不平，车子颠簸不止，管延萍累得腰酸背痛，但她紧紧攥住张梅的手，一路安抚着张梅坚持住、坚持住。

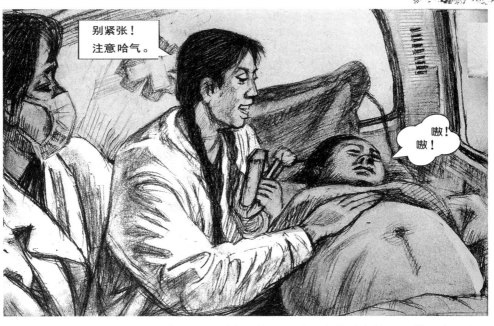

●11 由于管延萍的亲自护送、严密监控，及时对张梅升高的血压做了降压处理并予以心理安慰，尽管张梅的情况危急，但没有出现意外状况。

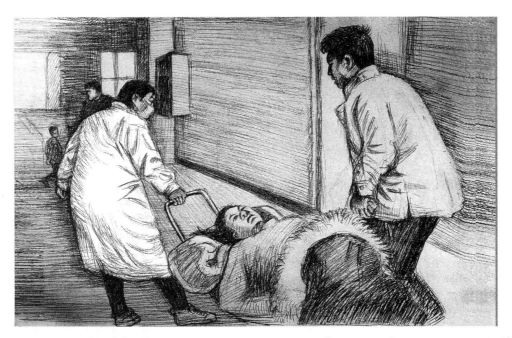

●12 1小时40分钟后，救护车终于抵达了贡山县医院，张梅很快被送进产房。这时，同事们才发觉管延萍一直扶着自己的腰，行走有些艰难。

幸福都是奋斗出来的

怒江脱贫攻坚故事连环画选

● 13　原来，以前管延萍受过伤，脊椎疼痛时常发作，刚才这一路护送，为安抚张梅而始终保持一个姿势，管延萍的腰椎又痛了。在情况危急的患者面前，管延萍忘记了自己也是个需要小心呵护的病人，而这样的情况已是家常便饭。

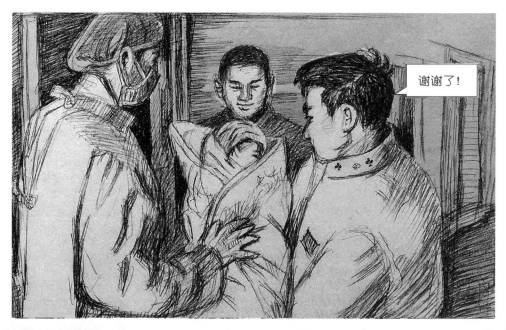

● 14　不一会儿，张梅顺利生下了小孩儿，是个 4 千克重的胖女孩儿。张梅一家并不知道，母女平安的背后是医生们艰辛的付出。

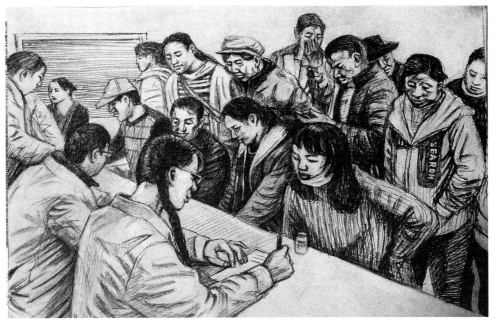

● 15　怀胎生子是百姓生活中的平常事。在怒江的偏远贫困山区，因医疗条件差，靠民间接生婆为产妇接生已成了一种习惯，这在农村延续了相当长的时间，因此导致母婴死亡的情况时有发生。消除陋习，保障群众健康是怒江州卫生部门一直努力在做的事。

● 16　据怒江州贡山县卫生健康局局长介绍，2017 年丙中洛卫生院统计，全镇的住院分娩率是 56%，通过管延萍和同事们对孕产妇进行一些相关知识的宣传，到 2019 年 3 月，丙中洛农村贫困群众住院分娩率达到了 100%。

● 17　管延萍这个大城市的医生怎么会来到怒江丙中洛这样偏远的山区呢？原来，按照国家关于东西部扶贫协作的部署，2016年9月，广东省珠海市与云南省怒江州结成了东西协作帮扶关系。2017年，珠海市金湾区选择全区最优秀的医护人员对口贡山县开展医疗帮扶工作。管延萍作为第一批帮扶队员，于2017年3月来到了丙中洛。

● 18　管延萍初到的时候，这里的一切都出乎她的意料：怒江州都是高山峡谷地貌，千里怒江一线天，山陡水急，一条窄窄的、紧贴在怒江边的公路，是州内唯一的交通线路，许多人口分散居住在一座座高山之间。

● 19 历史上，怒江人口较少民族聚居区是"直过区"——当地民族的社会生活形态大多是从原始社会直接过渡到社会主义社会，地理环境限制和经济发展缓慢的原因，使地处中缅边境一带的怒江州地区和沿海的情况大不一样。

● 20 这里 2000 多户村民中建档立卡户就有 1600 户，而未脱贫的有 985 户，脱贫未脱册的有 615 户，贫困面和贫困程度由此可见一斑。

幸福都是奋斗出来的——怒江脱贫攻坚故事连环画选

● 21　或许是当地多雨潮湿气候的原因，又或许是生活闲散、枯燥的原因，抑或许是白酒入肚后给人的飘飘然的感觉，这里的人们不论男女老少普遍嗜好饮酒。家家户户，不论富足还是清贫，日常生活中都不能缺酒，酒被当作招待亲朋好友的最好礼物。喝酒可能是为了解乏，可能是为了驱寒，又可能是为了解愁……总之，酒离不开人们的生活。

40

● 22　然而，人们却忽视了过量饮酒对身体健康的危害。村里有一个小伙子因为喝酒喝多了，患了高血压并因血管爆裂而失去了生命，这件事极大地震撼了管延萍。她觉得在这里开展公共卫生工作的意义更大，她决心要尽力为当地的群众做点事情。

●23 从来到丙中洛卫生院支边那天开始，管延萍和同事们的工作目标是用3年时间把怒江贡山的公共卫生建成一个完整体系。丙中洛有6000多户常住人口，一部分群众住在江边通公路的地方，但有部分群众还住在不通公路、只有崎岖小道的高山上，要给这些群众建立健康档案不是易事。

●24 因为山高坡陡、路途遥远，住在山上的老百姓下山不方便，并且山里的群众不了解建立公共卫生体系的意义和好处。要完成这项工作，管延萍她们就得背上医疗器械徒步前往，送医上山，深入每家每户调查情况、录入数据、建立档案。

●25　管延萍和同事们在健康扶贫中遇到了不少困难。第一次送医进山，她们只能坐一段路的车，之后就要背上仪器和药品上山，从未爬过大山的管延萍累得气喘吁吁。越往高处爬，腿脚就越酸疼；越走下坡路，腿脚就越打战。天气多变，出门要带上雨伞、干粮和水，回来沾一身土灰，出一身热汗。

●26　由于用背篓装东西方便，于是管延萍和同事们就每人背一个背篓，装上药品和工作用具，把为群众做健康体检和建立健康档案两项工作同步展开。在丙中洛境内，她们白衣使者的美丽身影时常出现于村头村尾，足迹遍布条条山路，当地群众很赞赏地称呼她们为"背篓医生"。

● 27　丙中洛群众居住的寨子有很多分布在高山峡谷间，山高坡陡，有些村寨的路很难走，途中必须翻箐沟、过悬崖峭壁；有的路段有滚石坠落；有的路段湿滑难行，脚下是汹涌的怒江，送医进山的路途艰险无比。但是，无论晴天还是雨天，她们都不辞辛劳，奔波在健康扶贫的路上。

● 28　开展工作中遇到的另一个难题是语言不通。这里有些群众听不懂普通话，而管延萍他们又听不懂当地的民族语言。下乡开展工作时，管延萍就得靠当地人翻译民族语言，交流不畅时就比画手势、靠肢体语言。无论遇到什么困难，她都能跨越障碍，完成工作。

● 29　两年间，丙中洛46个村民小组，管延萍带着同事们走了4轮。他们的努力与辛苦也获得了可喜的回报：为全镇6000多户常住人口建立了5945份健康档案，实现了全镇贫困人口百分之百家庭医生签约服务。

● 30　这份健康档案的建立，极大地方便了山里的贫困群众在生病的第一时间联系到医生，可以向医生详细描述病情并咨询买药、服药的具体情况。管延萍说："我们把健康重点人群的纸质档案建立起来，做了标识，对疾病诊治、转诊都有很大帮助。"

● 31　在送医上山、为老百姓做免费体检的工作中，管延萍和当地群众建立起了深厚的感情。她说："当地的群众淳朴、善良、可爱，你对他好，他都能感受到。"遇到有需要帮助的群众，哪怕是用仪器检查或简单地按摩、捶背，管延萍总是把群众的难处当作自己的难处来解决。

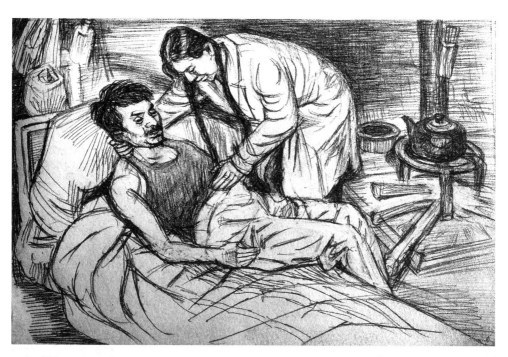

● 32　因为干农活时摔倒，甲生村的贫困户杜金长期卧床。这样的群众无法下山去医院做健康体检，管延萍和同事们就把心电图机、B超机等医疗器械背到杜金家里，一项不少地给他做了健康检查。

幸福都是奋斗出来的 怒江脱贫攻坚故事连环画选

● 33 管延萍还询问杜金跌倒的情况，仔细察看杜金的腿伤，问他用了什么药，还疼不疼。之后，她在山下买好适合的药，又带来给杜金。

● 34 管延萍每一次来看望杜金都是送医送药到家，每一次来都不厌其烦地指导杜金康复训练。她用实际行动诠释了什么是脚下沾满泥土、心里装着百姓。

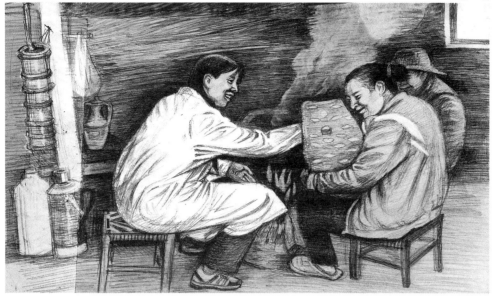

● 35　索朗拉珍是在丙中洛卫生院分娩的产妇，管延萍为她接生了可爱的宝宝，并记得她住院时的危险情形。这一天，管延萍特地来看望索朗拉珍。眼前，索朗拉珍的孩子健康可爱，索朗拉珍满脸喜悦和幸福。可是回想起分娩时的情况，确实让人有些后怕。

● 36　那时，索朗拉珍的情况很糟糕：头痛、眩晕、下肢浮肿，一量血压，舒张压 120 毫米汞柱，收缩压 220 毫米汞柱，是典型的妊娠期高血压疾病。这种情况极易导致分娩过程中出现子痫，严重威胁着孕妇和胎儿的生命。

● 37 索朗拉珍住进卫生院后，全靠管延萍一刻不停地安抚、降压，才使她的血压控制在安全范围内，有效预防了分娩过程中子痫的发生。这一危险经历让索朗拉珍真真切切感受到这位从珠海来的汉族大姐对于自己和孩子生命的重要性。

● 38 管延萍知道，索朗拉珍分娩前的高血压也是和她平时生活中喜好饮酒有关。山里群众对酒的钟爱无可厚非，只要把过量饮酒危害身体健康的宣传做到位，人们关注健康、预防疾病的理念总有一天会树立起来。

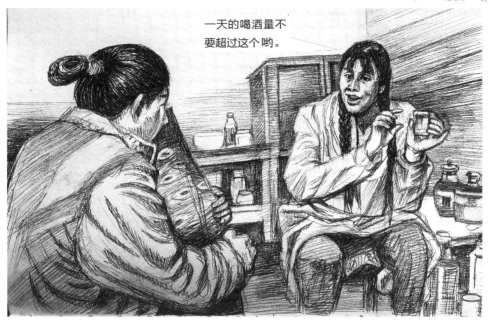

一天的喝酒量不
要超过这个哟。

● 39 除了对母子健康的牵挂，管延萍语重心长地告诉索朗拉珍：过量饮酒会对身体健康造成危害。无论到哪里，管延萍都把这种健康生活理念宣传给村民们。不同民族虽然语言不通、习俗不同，但通过心灵交流，人们的健康意识正在慢慢强化中。

珠海市金湾区驻点贡山医疗帮扶专家义诊活动

● 40 管延萍还惦记的一个人是学罗军。有一次，管延萍他们到丙中洛唯一的独龙族寨子——小查腊给村民做体检，需要抽血，可是村民们害怕，不配合体检。经过动员之后，一位老奶奶第一个带头抽了血，村民们就不再害怕，都来参加抽血和健康检查了。

幸福都是奋斗出来的

怒江脱贫攻坚故事连环画选

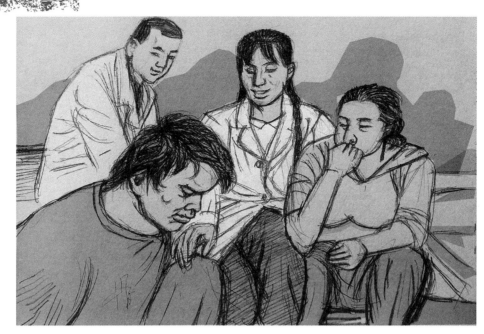

● 41　为感谢老奶奶，管延萍就到她家里看望，这时管延萍发现她家里有个患了严重精神病的孙子。这个名叫学罗军的青年在 20 多年前受了意外刺激，从此得了重症精神病——孤独症。管延萍初次见到他的时候，蓬头垢面的学罗军缩在一角躲避着，始终都是蹲在地上来回挪动，不愿走出房子。

● 42　学罗军不住政府给他们建盖的新房，依旧躲在光线幽暗的小木屋里生活。由于病人吃喝拉撒全在小房子里，房子里散发着难闻的气味。但管延萍没有回避，而是充满同情，她觉得，只要给病人服药并耐心沟通、引导，病情是可以好转的。此后，管延萍给学罗军带来了药，并几次爬到山上去看望他。

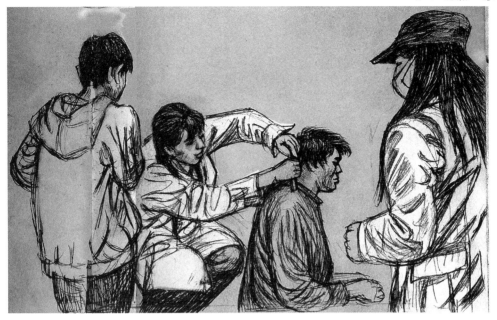

● 43　在管延萍的关爱和开导下，学罗军不但流露出难得的笑容，并且走出了幽暗的小木屋，任由管延萍帮助清洗污垢、打理卫生。看到学罗军的这个变化，管延萍心里无比欣慰。

● 44　慢慢地，学罗军久闭的心扉被逐渐打开，只要管延萍来探望，他的脸上都会露出难得的笑容。他说他知道管延萍是熟人，是对他很好的人，学罗军的变化也让管延萍由衷地高兴。

●45 这一天，管延萍准备了礼品，和同事们再次上山去看望学罗军。进了房子，管延萍仍旧像面对小弟弟似的跟学罗军对话，了解其生活起居状况，并适时给予鼓励、引导。通过翻译的协助，自闭的学罗军终于被感动，他走出了幽暗的小木屋，开始与外人接触。

●46 当学罗军像小孩子一样开心快乐的时候，当管延萍把自己特意准备好的礼品——围巾给学罗军围上的时候，那种姐弟般的真情深深地感动着在场的每一个人。

●47　在管延萍到丙中洛卫生院支边工作后，她适应了当地艰苦的环境，她说："我学会了走山路、过吊桥，学会了在手机微弱的光下给村民夜诊，也学会了在大山里走夜路……很多时候觉得自己很累，也会想家，老母亲身体怎么样了？儿子还好吗？但想到丙中洛的村民，又总有太多的心疼和牵挂。"

●48　在丙中洛工作的日子里，管延萍和她的支边队友们跟当地的少数民族群众相处融洽，群众爱上了这群汉族医生的医术；她们则爱上了少数民族那种耿直与淳朴厚道的品质。拍张合影作为纪念吧，为了那份难以割舍的情怀。

●49　本来，考虑到支边工作艰苦，组织部门规定，工作满半年即可轮换。但是，管延萍看到当地百姓的淳朴善良，看到山里群众非常需要看病就医，她做出了一个惊人的决定——把自己支边工作的期限改成了3年。

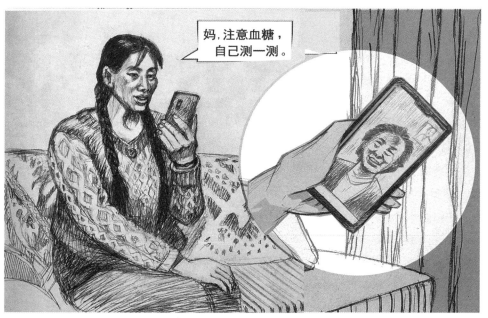

妈，注意血糖，自己测一测。

●50　管延萍说自己能够留下来干3年，得益于母亲的支持。母亲已经年近80，目前由弟弟照顾。但为了支持自己的支边工作，许多时候，老人身体不舒服也不跟她说。管延萍治愈了无数病人，却不能照顾自己的母亲，反而让母亲牵挂自己在怒江工作的安全。

●51　好多人不理解管延萍作出把自己的支边工作延期到3年的决定。管延萍说，脱贫攻坚是一项艰巨的任务，能投身于这项工作感到很荣幸，这一项工作不是一个人能完成的，需要大家拧成一股绳。她的话语也激励着一起工作的每位同事。

●52　管延萍有本厚厚的笔记本，里面记载着她到怒江支边以来工作和生活的点点滴滴，在扉页上有两句话：丰碑无语，行胜于言。功成不一定在我，但功成一定有我。这些话语也道出了无数坚持在健康扶贫一线的医务工作者的心声。

● 53　江海情·携手行，从 2016 年至 2018 年，珠海从易地扶贫搬迁产业、教育、卫生等 8 个方面，累计投入各类协作扶贫资金 8.09 亿元。

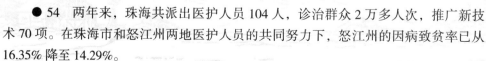

● 54　两年来，珠海共派出医护人员 104 人，诊治群众 2 万多人次，推广新技术 70 项。在珠海市和怒江州两地医护人员的共同努力下，怒江州的因病致贫率已从 16.35% 降至 14.29%。

● 55 时任怒江州委常委、副州长、珠海市东西部扶贫协作工作组组长张松道出了怒江干部群众开展脱贫攻坚战的决心和期望。他说："我们有信心在 2020 年之前，怒江的所有群众都能够实现'两不愁三保障'，实现收入达标、解决深度贫困问题。"

57

● 56 时任怒江州卫生健康委主任的杨秩权则代表怒江群众向对口扶贫协作单位表达了感激之情，他说："怒江和珠海之间的情谊就像怒江水一样长，像大海一样深。这种情谊里饱含了党中央、国务院和各级党委政府对怒江的深情厚谊，鼓舞我们决胜脱贫攻坚战，实现'不让一个兄弟民族掉队'的目标。"

●57 管延萍的事迹广为流传，丙中洛的群众深深记住了这位来自珠海的支边医生。管延萍的榜样作用也激励着怒江各族干部群众团结一心，合力脱贫攻坚，争取早日甩掉贫困的帽子，回报党和国家的关怀与厚爱。

幸福都是奋斗出来的——怒江脱贫攻坚故事连环画选之三

永不停歇的扶贫人王新华

● 1　2020年5月18日，云南省人民政府批准31个县、市、区退出贫困序列，贡山独龙族怒族自治县名列其中，这是全县干部群众期待已久的高兴日子。可是，在脱贫攻坚一线奋战了1000多个日日夜夜的王新华却没能等到这一天。

● 2　一个多月前，身为贡山县政府办主任，负责挂钩联系贡山县丙中洛打拉二组杜国英家、余红梅家、金小山家的王新华同志倒在了脱贫攻坚的路上，生命永远定格在了41岁，令人十分痛惜。

●3 王新华是贡山县本地人，1999年从云南民族大学汉语言文学专业毕业的他放弃了在省城昆明就业的机会，满怀报答家乡人民的一腔热血回到了贡山工作。

●4 他从普拉底乡人民政府到贡山县纪委监察局，从独龙江乡党委到捧当乡党委，从贡山县委组织部到贡山县人民政府办公室，20年间，王新华在不同的工作岗位上尽职尽责，他的工作经验和管理水平得到了极大提高。

● 5　2016年3月，王新华调任贡山县政府办公室主任，这个岗位既是领导的参谋和助手，又是县政府这个大摊子里的大管家，工作任务十分繁重。

● 6　也就是在这一年，全县脱贫攻坚战全面打响。王新华从小生活在山村，深知乡亲们的困苦，为改变家乡贫穷落后的面貌作贡献是他由来已久的梦想，于是，他全身心投入脱贫攻坚，一直冲锋在第一线。

● 7 贡山县总人口 3.5 万人，2014 年全县贫困发生率高达 45.74%，是怒江州乃至云南省脱贫攻坚的"上甘岭"。在贡山县脱贫攻坚这场硬仗中，王新华始终保持着一股拼劲儿，四年里没有一次旷工和一次病假，只请过 1 天事假。

● 8 丙中洛村打拉二组的杜国英老人是王新华的挂钩联系户，她说："过春节前，他从昆明看病回来，患了那么重的病，他还特地来看望我，给我买了一袋米、一桶油，说是过春节吃。"

●9 老人记得，自家的房子年久失修，屋顶漏雨了，王新华来了后，他看在眼里记在心上，没过几天就找来了师傅帮她把屋顶修好了。

●10 自家的院坝原来是泥土的，凹凸不平，下雨天更不好走路，是王新华张罗着请来施工队把院坝打成了平整的水泥地。

● 11　杜国英说："他话不多但很善良，这么好的人怎么突然就走了呢？"老人家里的墙壁上还保留着王新华的挂联牌子。她每天都会擦一下灰尘，思念着这个帮助自己的好人。

● 12　王新华的另一个挂钩联系户是金小山。金小山从小失去了父母，无依无靠，生活过得暗淡无彩，是王新华一直帮助他、鼓励他，给他寻找外出务工的机会，不断鼓励他勤劳致富，开创美好生活。

● 13 如今，金小山已经结婚，有了家庭，并在贡山县城做网络维护工作，每月有 3000 多元的工资收入，他家的生活步入了正轨，彻底摆脱了贫困。

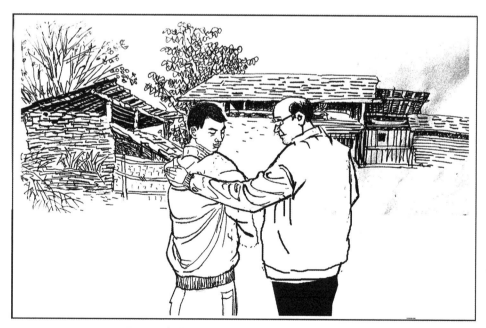

● 14 金小山说："要是没有王主任的鼓励、点拨，我可能找不到这么好的工作，若我不知道这个招聘消息，人家也不会聘用我。"他对王新华充满了感激之情。

幸福都是奋斗出来的

●15 巍巍群山中，通往丙中洛二组的公路是王新华争取到的项目，这条通达到户的公路延长线不仅给村民们的生活带来了方便，也给村民们带来了致富的希望。

67

●16 村民们说："以前路没有修的时候，通行很不方便，村里人家的东西什么都要背进背出，很辛苦。现在有了路，车子直接开到家门口，不用背了，很方便。"

● 17　2019 年初,在一次下乡摸底走访中,王新华了解到,山上有 15 户人家还不通公路,只有山间便道,村里的群众进出十分不便,迫切需要修建一条到户的路。

● 18　王新华明白,通达的交通条件对于群众脱贫所能起的重要作用,他立即向县交通局反映情况,并为 15 户村民呈报了修路申请,这份申请很快获得了批准。

● 19　可是，村里修路不是一件简单的事，涉及征地、规划设计、物色工程队等一系列事情。王新华忙里忙外、多方联系、协调，付出了许多时间和精力，努力做好各个环节的工作。

● 20　贡山县政府办副主任、丙中洛驻村工作队队长尹福旭说："印象最深的是王新华不停地用微信和电话催促，修路涉及的用地协调好了没有？设计人员来了吗？施工人员到了没有？直到我们把照片发给他。"

● 21 王新华的关注和催促很快促成了这条 520 米长的公路的建设和顺利竣工。他的这种催促是对家乡脱贫、发展的迫切使然。没有人比来自山村的他更明白，通达的交通对于脱贫所起的重要作用。

● 22 王新华深知交通通达在村民们脱贫致富中的重要性。2018 年至 2019 年，在下乡入户调查过程中，王新华协调了三条通组公路及其延长线。如今，这些道路成为群众的通达路、致富路。

● 23 路修通了，还要培养群众发展的能力，才能真正摆脱贫困。王新华始终关注着群众的增收问题，在一次下乡途中，他感受到这两年随着丙中洛旅游的升温，土鸡消费的市场前景较好。

● 24 细细思量之后，王新华积极给乡亲们争取项目扶持，在他的努力之下，很快促成了村里两家土鸡养殖合作社的成立。

● 25　丙中洛村党总支书记习中全说："王新华在入户调查期间，跟我商量组织村里农户养殖土鸡，带动一下村里的发展，于是，村里成立了两个合作社，给33户人家每户发放150只鸡苗。"

● 26　养殖情况良好，发放的鸡苗成活率达80%以上；每户出栏70～80只，平均每户有七八千元收入。如今，慢慢发展起来的土鸡养殖产业不仅是群众脱贫致富的新希望，而且增强了群众脱贫致富的信心。

● 27　深入基层，掌握具体情况，才能为群众办实事。王新华只要有空就往农村跑，入户、调研、了解情况、思考帮扶办法、寻找项目资金……这一环扣一环的细微事情，在他不懈的执着中完成了。

73

● 28　在贡山县政府办挂联的丙中洛村，就没有王新华不认识的群众，乡亲们都很喜欢这个会讲民族话、笑起来斯斯文文的干部。王新华用实际行动赢得了群众的信任和支持。

● 29　和王新华一起工作的人都知道他对待工作耐心、细致，有实干精神。据贡山县政府办副主任周超讲述，王新华每到一户，不是走马观花，而是真真正正坐下来和老百姓拉家常，一聊就是40分钟、1小时、2小时……

● 30　"坐在那里就和人家分析为什么贫困，我们应该怎样脱贫，鼓励老百姓要提高内生动力，他会用民族语言解读脱贫攻坚的政策，老百姓对他那种工作方式是喜欢和认可的。所以我觉得他是有大爱和有大格局、大情怀的人。"周超说。

● 31　贡山县委副书记、县长和国晓说："政府办的工作是一个五花八门的大摊子，那些纷繁复杂的请示、报告等各种公文，经过王新华的审核、梳理后，提交给领导研究决策，让他们很省心。"

● 32　"因为王新华在审阅这些公文时，准确把握了相关的政策依据，知道哪些该提交、哪些不该提交，经过他的把关，我们不用操太多心。"和国晓这样评价王新华。

● 33　"贡山县的财政 94% 是上级转移支付，他十分清楚'家底'，对于财政资金，他这个'管家'监管得非常严，特别是关于扶贫资金，他总是仔细认真核算每一笔，什么资金可以整合、什么资金不符合规定，他都一清二楚。"贡山县财政局党组书记、局长张文芳说。

● 34　熟悉王新华的人们，对他印象最深的除了质朴、敬业、讲原则之外，甚至还有些"抠门"。按照规定，县内出差每人每天可以报销 80 元的补贴，但王新华认为县财政困难，他要求县政府办要带头"委屈"一下，伙食自理。

● 35　办公室的大复印机经常出毛病，但王新华说能修就不要换新的。直到后来得知因为复印机经常出毛病影响工作进度，他才同意更换新的复印机。王新华始终秉持着"节约光荣、浪费可耻"的理念。

● 36　但是，王新华也有慷慨的一面："2017年至2019年的三八妇女节，政府办的每一位女同事都收到王新华赠送的礼物。"何晓莉说，那是王新华自掏腰包给女同事们的节日祝福。平时在外就餐时遇到同事，他总是抢先结账……

● 37　走进王新华的办公室，案头堆积如山的材料、墙上贴着的贡山县脱贫攻坚作战图、贡山县 2019 年脱贫摘帽倒排表、贡山县易地扶贫搬迁作战图等大大小小的任务图纸，这一切都昭示着这里曾经的主人长时间忙碌在帮扶工作最前沿。

● 38　近几年，贡山县坚持以脱贫攻坚统揽全县经济社会发展全局，作为政府办主任，王新华手头的每一项工作都与脱贫攻坚有关。在他办公室电脑的桌面上，大大小小 45 个文件夹 27 个文档，里面有从特色小镇建设、易地扶贫搬迁到涉农资金项目、棚改项目，每一个都事关贡山的脱贫攻坚，关系着贡山的未来。

● 39　有这么多事情要处理,有这么多的工作要做,王新华采取"白加黑""5+2"的方式来完成手头的事情。他每天上班提前40分钟到单位,过年过节放假时就一句话"你们休息,我值班"。

● 40　自贡山县脱贫攻坚战役打响以来,王新华502办公室和501政府办办公室的灯就总是亮着。他加班的时候,总是喜欢放一些自己喜欢的贡山民歌、少数民族歌曲,音乐声会从502传到501,感染着本部门的每一名干部职工。

●41 长年累月加班加点地工作，铁打的身体也经受不住啊，王新华病倒了。2019 年 11 月 25 日，在贡山县脱贫摘帽"百米冲刺"专项行动誓师大会上，站在队伍第一排的王新华突然晕倒了。

●42 在被送往医院的路上，逐渐清醒过来的王新华说："可能是血糖低了，一会儿就好。"他在贡山县人民医院简单做完血常规和 B 超检查后，又返回单位上班。

● 43　直到 2020 年 12 月 20 日，他才请病假到大理州人民医院检查身体，可是刚检查完身体，12 月 24 日，他又出现在了办公室里。

● 44　2020 年 1 月 7 日是王新华病情加重紧急转往昆明抢救的前一天，但是当天他还硬撑着到挂联村入户走访。1 月 8 日，王新华病情加重，当时他已经虚弱得站不起来了，这才住进了贡山县人民医院。1 月 22 日，他在昆明被确诊为恶性淋巴细胞瘤。

81

● 45　在王新华生命的最后几天里，他躺在病床上，还打开微信联系有关单位、人员，开展线上办公……就像是在脱贫攻坚的路上开足马力运转的机器，4年以来养成的惯性已经让他停不下来，直到他停止了呼吸。

● 46　王新华牺牲后，被中共贡山县委追授为"优秀共产党员"。2020年6月15日，中共怒江州委决定：追授王新华为"怒江州优秀共产党员"，并号召全州广大党员干部向王新华同志学习。现在，王新华的事迹感召着奋战在脱贫攻坚一线的人们，怒江的脱贫攻坚大业一定会如期实现。

身残志坚此路恒

●1　20世纪70年代中期，在云南福贡县鹿马登乡的赤恒底傈僳族寨子，数十户人家住的都是千脚落地、竹木结构的茅草房，房子上层住人下层关栏饲养家畜。手磨、脚碓这些日常生活用具摆放在房前屋后，时不时有人家用它们来加工当天的食物。

●2　房子中间有大火塘，火塘里大铁三角上放着土陶锅，锅里炖了当年人们常吃的苞谷稀饭，火塘边是极简易的睡铺，篾笆墙上挂着杂七杂八的东西：有很多补丁的衣物和被褥、苞谷、葵花饼等。这是20世纪70年代赤恒底傈僳族家庭常见的厨房兼卧室式的居所。

● 3　寨子旁边是一丘丘正在开挖的梯田，进出寨子的是一条窄窄的土路，路上不时来往着砍柴的、放牧的、到田地里劳动的以及背水的村民，他们身上穿着补丁加补丁的衣裤，赤脚行走却并无不适……这些随处可见的场景足以说明傈僳族同胞当年艰辛、窘迫的生活可见一斑。

● 4　1966年生的此路恒家中有7个孩子，他排行第五，是男孩中的老四，就用了傈僳族名阿此。此路恒从小就爱动脑筋，机灵可爱，深得父母喜爱，寨子里的人都夸赞道："这孩子日后必有出息！"

● 5　在艰难生活中成长的孩子最懂事，此路恒早早地就懂得帮助家里做事。在
那个年月，人们的生活饮用水要到寨子外的箐沟里背，要走好远的路，此路恒经常
和哥哥一起去背水，哥哥背两竹筒，他背一竹筒。

● 6　然而，那年冬天的一个早上，此路恒去背水的途中发生了意外，到河边蹲
下把水装到竹筒后，此路恒的左脚突然麻木，站不起来了，回到家里就发起了高烧。

●7 这种情况如果发生在今天，只要立即送医院就诊治疗就没事了。可在当年艰苦的环境里，从赤恒底到县医院要走很远的山路，乡下又缺医少药，此路恒的左脚就这样残疾了。

●8 原本已经上到小学五年级、学习成绩好、经常受老师表扬、活蹦乱跳的此路恒，左脚突然坏了，不能正常走路。自尊心很强的他不愿让同学们看到他一拐一瘸进出学校的样子，于是就辍学在家了。

●9　不上学就帮家里放猪放羊，可是拄着拐杖的他走路慢，猪和羊跑到人家菜地里他也追不上。后来他只能在家做轻松点儿的家务活。过了两年，逐渐长大的此路恒开始为自己的人生之路思考：腿脚不行，只能靠双手和脑子谋生，但是，做什么才适合自己呢？此路恒想一阵儿哭一阵儿，哭一阵儿想一阵儿。

●10　母亲对他说："你腿脚不行但你脑子灵活，你可以做用脑子的事情。"是的，此路恒不愿因残疾而靠父母和兄弟姐妹供养生活，他立志要走出一条自己养活自己的道路。在人生道路上，一个人的初始兴趣、经历往往会成为日后做出成绩、获得成功的坚实基础。

●11 最初，他想学修理收音机、录音机、手表这些当时开始流行的物件，专门买来旧物件拆开来又组装上，折腾一段时间后，他就试着在县城摆了个修理电器的摊位。可是由于文化低、不懂电路，加之赶集的日子才摆地摊，不好做生意，他就放弃了。

●12 后来他又尝试踩缝纫机缝衣服，可是一只脚踩缝纫机有些困难，于是他重点学习裁剪衣服，把裁剪出的布料拿给别人加工成衣服。再后来，他又约了伙伴去做生意，他甚至坐马车、坐拖拉机到离家近百里的匹河怒族乡找工作、揽工程，拖着不便的腿脚常年奔波在谋生的路上。

一幸福都是奋斗出来的

怒江脱贫攻坚故事连环画选

● 13 其实，此路恒从小就酷爱音乐，寨子的教堂里响起的乐曲声和众人合唱、指挥打拍子的场面，曾让他听得入迷、看得入迷。他曾和同辈年轻人一样学习拉二胡、弹吉他、吹笛子，通过乐器表达心中的美妙之声。然而，他最感兴趣的是多声部合唱以及声乐指挥。他幻想着有一天自己也能指挥多声部合唱，给人展示浪漫优雅的风度。

● 14 于是有一年，他到缅甸的密支那拜师学习打拍子，他对那种契合声乐强弱、高低、急缓的指挥节拍和手势，跟随音乐节拍变化的表情、神态等，有了全面的理解和掌握。

幸福都是奋斗出来的

●15　时光推移到 1996—1997 年，改革开放的好政策使农村群众的生活条件有了极大改善。傈僳山寨赤恒底的面貌也发生了巨大变化：人们不再住简陋的茅草房，许多村民建盖了可以永久居住的砖墙石棉瓦房，乡村的文化生活也得到了改善。

●16　许多人的吃饭穿衣问题已经解决，不再受饥寒之苦；自来水接到了家里，背水的日子结束了；寨子里有了通向江边的公路，出入往来已经比较方便；很多农户已经有了运输车辆和农用机械，沉重的劳累获得了解脱……

幸福都是奋斗出来的 ——怒江脱贫攻坚故事连环画选

● 17　勤劳的农户、脑筋活络的村民已经注意到了城乡居民生活水平提高后的需求，注意到了城乡之间潜藏的巨大商机，他们抓住农村经济发展机遇，寻求致富门路。脑子灵活的此路恒也在努力探寻致富之路。

● 18　他把在赤恒底和布拉底两个村委会的残疾人组织起来，成立了文艺队，自己担任指挥，开始了多声部合唱表演。同年，他参加了福贡县第一届残疾人联合会大会，出席大会后他觉得很有收获。

幸福都是奋斗出来的

● 19　也就是这一年，30出头的此路恒娶了媳妇，组建了自己的家庭。媳妇是本村人，勤劳、贤惠、漂亮，很多人追求她都被她拒绝了，而她却看中了身患残疾但脑子灵活的此路恒。

● 20　那年，小两口也有了当年流行的结婚嫁妆——缝纫机。他和媳妇就用这台缝纫机帮寨子里的人缝缝补补，同时，此路恒裁剪了本地人爱穿的民族服装，让寨子里有缝纫机的人家加工好再出售，这是一份可喜的家庭收入。

93

幸福都是奋斗出来的

怒江脱贫攻坚故事连环画选

● 21 同时，敢闯的此路恒让当时做贩运水果生意的表哥帮忙从西双版纳买来西瓜种苗，此路恒和媳妇在承包地里种西瓜。这在当时的赤恒底，他是第一个栽种蔬菜和水果的人。

● 22 结果，试种出乎意料地成功，承包地里结出的西瓜最大的达15千克，小的也有三四千克重。小两口把西瓜拉到县城出售也很受欢迎，多种经营的路子使家庭收入增加了许多。

● 23 第二年，附近好多人家跟着此路恒种西瓜，最多时有二三十家跟着种，大家都觉得种西瓜的效益好。但两年之后，本地的西瓜产量在当地市场上接近饱和，此路恒不再种西瓜而改种西红柿，后来又改种稻谷。

● 24 怎样盘活田地、更换品种，此路恒总是和媳妇商量，两个人齐心合力做事情，成功率也就倍增。那几年，他们一面盯着市场一面调整种植的作物，获取市场先机。并且不论种什么，他都注重管理加工的细节，因此，他地里农作物的产量和产值总比别人高。这是他获得成功的诀窍。

● 25 2001年，此路恒开始做服装，起初只是在赤恒底村委会内小范围地缝缝补补。后来，眼看时下傈僳族群众穿本民族服装越来越少的情况，以及国家对非物质文化遗产的重视和保护，此路恒从中看到了商机，于是，他开始购置设备创办民族服装加工厂。

● 26 通过多年的不断实践和探索，此路恒办起了民族服饰加工厂，由他设计的民族服饰深受福贡县、泸水市傈僳族群众的喜爱，民族服饰加工厂年纯收入达四五万元。在当时，这对于一个小加工厂来说，已经是一笔很大的收入了。

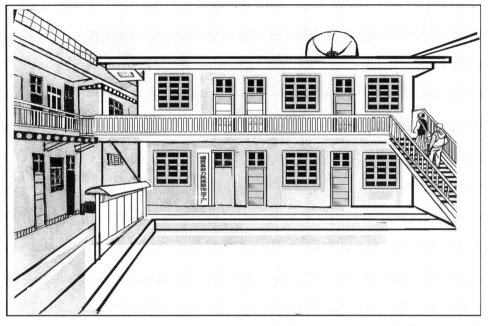

●27 凭着敢想敢做和辛苦忙碌，此路恒收获了第一桶金，但他说："自己家富不算什么，要让大家一起富起来才是有意义的好事情。"随着服装生意越做越大，2012 年，此路恒投资创办了福贡自力民族服饰工艺品制作有限公司，扩大了服装加工的规模。

●28 服装公司所需的员工，此路恒首先招募本村或邻村有残疾的村民，这是出于他自己也是残疾人的同情心，之后再招别的村民。初来公司上班的村民缺乏技术，此路恒就先对他们进行培训。

● 29　此路恒知道，技术是创造价值的最初成本，有了技术才能获得更大的价值。在给村民们培训的过程中，此路恒很有耐心，除了在公司集中授课，他还到村民家中察看情况，并给予具体指导。

● 30　服装公司的经营运作既需要加工生产上的协作，也需要资金上的整合。此路恒动员41户村民共出资111万元，成立了民族服饰加工专业合作社，实行产、供、销一条龙服务，进一步开拓民族服装市场，做大做强民族服饰产业。

● 31　此路恒介绍，目前，合作社开发了包括民族特色校服等在内的 30 多种民族服饰，年生产量达 4 万套。2017 年，合作社收入达 370 多万元；全村有 76 户从事面料制作，35 户从事服饰加工，他们合作社的社员中大部分年均收入超过 6 万元，一些中小户的年收入也不少于 5 万元。

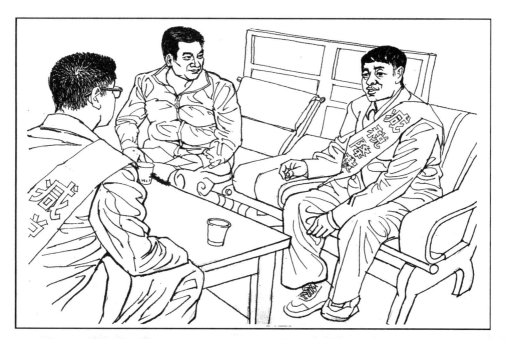

● 32　据悉，此路恒生产的民族服饰不仅供应当地市场，还远销英国、加拿大、缅甸、泰国、印度和越南等国家，年利润达到了 140 多万元。他不仅是帮助残疾人和村民脱贫的热心人，而且是当地的纳税大户。

● 33　除专业户外，赤恒底的傈僳族村民有茶余饭后纺织的习惯，人们的这种技艺一代一代传承了下来。现在这种传统也能赚钱，合作社把纺织原料发给村民，然后统一收购手工纺织的布料。

● 34　迄今为止，此路恒创办的服装厂有投资160万元的福贡阿洛底易地扶贫搬迁点民族服装加工车间，有投资80多万元的赤恒底民族服装加工车间，还有投资40多万元的泸水市洛本卓巴尼小镇民族服装加工车间。

● 35　他还投资了坐落在赤恒底的非遗工坊，专门做刺绣。这些车间工坊里安排的工人都来自本村及邻村的建档立卡贫困户，他们在家门口上班，既能关照家里，又能打工挣钱，大家很是高兴。

● 36　随着互联网的普及应用，此路恒还把民族服装车间生产加工的产品注册到了中国民族服饰商城和云南民族服饰网等交易平台，让业界及各地傈僳族同胞在平台上浏览、订购他的服装企业的产品。

● 37　早在 2008 年，此路恒把积累的资金投入草果种植。在阿洛底的赤散地有 80 个农户合种 180 亩草果，石月亮害扎村种了 120 亩，马吉乡种了 250 亩。最初的时候，农户不愿意种植草果，他们说种的是佐料不是粮食，吃不成，不愿意把种苞谷的地用于种植草果。

● 38　一向支持此路恒的媳妇也不同意此路恒把钱投资于种植草果。可是，此路恒看准了的事情他就一定要做，他购买草果苗、支付种植的劳务费等用了 6 万元，却对媳妇说只用了 6000 元。他动员村民种植并打包票说，亏了由他补偿地块产值。

● 39　终于，此路恒成为福贡县当年首个投资草果种植的人，500多亩草果苗如期种了下去。当草果长势茂盛、呈现出丰收景象的时候，他才告诉媳妇真相。媳妇沿着草果地走了一圈，感动和自责让她眼眶都湿润了。

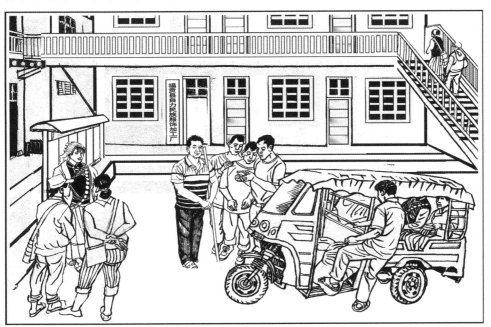

● 40　当年草果地的产值达三四十万元，农户分到的利润远远高于种植苞谷，大家都钦佩并感谢此路恒有前瞻的眼光。此后，不用动员，群众就都自觉地种植草果。如今，草果种植成了福贡县农户最大的经济来源，占了总收入的70%。

● 41 许多年来，此路恒在不懈的打拼中改变命运和创造价值。最初，他仅靠一根拐杖早出晚归，后来他买了一辆摩托车东奔西跑，现在他能驾驶着自己的小汽车长途跋涉。这几件事就是他身残志坚的真实写照。

● 42 今天，此路恒在赤恒底村子里建起了五层楼，里面挂着"民族服饰加工厂、民族服饰加工合作社、赤恒底农民合唱团"三块牌子，这就是他办公的地方。一般人都不知道，他由一个生活不保的残疾人成为在创业方面获得巨大成功的实业家，其中付出了多少艰辛。

● 43 但是他深知自己过上今天这样的好生活、获得这样的财富，得益于党的正确领导和改革开放的好政策。此路恒心里最钟爱的是音乐及无伴奏多声部合唱，他要唱响感恩幸福生活的颂歌。其实，他的这个梦想，可以说是在他组建残疾人合唱团时就基本成型了。

● 44 但是，当年组建的合唱团在排练和演出时都有不少困难：行动不自如、人数少而不能完成多声部、没有误工补偿等，这些都是制约此路恒实现梦想的障碍。随着创业成功，生活富裕起来，他确信，实现音乐指挥梦想的条件已经具备。

幸福都是奋斗出来的

——怒江脱贫攻坚故事连环画选

●45　于是，此路恒花了不少时间和精力研究合唱团的组织管理以及节目的编排。合唱团成员早已不局限于残疾人，而大部分是健全人。人数最多时有五六十人，都是合作社的成员，农忙时下地干活，农闲时排练节目。

●46　如果合唱团为排练节目而耽误干活，则由合作社给予相应补贴，弥补其误工收入。这样，村民们都争相参加合唱团。

● 47　他们感慨地说，生活好起来了，闲暇时无所事事打牌喝酒会损害身体，不如参加合唱团一展歌喉，收获娱乐健康。显然，合唱团所做的事，已成为赤恒底村民一项高尚的文化娱乐活动。

107

● 48　在演出节目的选择方面，此路恒专门挑选了"红歌"，他请州里的专家把汉语歌词翻译成傈僳语歌词。此路恒说，翻译成傈僳语演唱，不仅是让合唱团成员好学好表演，而且是让不懂汉语的人也能听懂。

● 49　让他们知道今天的好日子来自共产党的好领导，来自改革开放的好政策。此路恒对兴办合唱团还有更长远的设想，他说，以后随着旅游业的发展，可以把合唱团演唱转变为商业演出，使之长久存在并发扬光大。

● 50　2011 年 9 月，此路恒的合唱团参加了云南省委宣传部主办的"云岭颂歌献给党"——云南省庆祝建党九十周年文艺汇演，并荣获表演一等奖。2013 年 8 月，赤恒底村的"农民红歌合唱团"代表云南省参加在广东中山举办的第十届中国艺术节暨全国第十六届"群星奖"音乐类节目比赛，并荣获优秀奖。

●51　2018 年，由于此路恒组织农民合唱团演唱"红歌"而广为人知并产生很好反响，他被福贡县和怒江州向上级推荐，荣获了第七届云南省拔尖农村乡土人才表彰，这是他获得的多项殊荣中的其中一项。

●52　现在，"农民红歌合唱团"已成功注册，成为宣传傈僳族文化的又一张名片。我们相信，此路恒和他的民族服饰加工厂、民族服饰加工合作社、赤恒底农民多声部合唱团在今后的日子里还会创造出更加辉煌的成绩。

幸福都是奋斗出来的——怒江脱贫攻坚故事连环画选之五

电商村官和倩如

● 1　怒江州是全国"三区三州"的深度贫困地区之一。近几年来，怒江州委、州政府率领全州干部群众攻坚克难、艰苦奋战，在脱贫攻坚中取得了很好的实效。2019年10月，怒江州召开脱贫攻坚表彰大会，表彰了一批在脱贫攻坚中涌现的典型人物，和倩如（左一）是其中的佼佼者。

● 2　毕业于昆明理工大学的和倩如，放弃了在省城就业的机会，放弃了家里富足的生活，于2015年来到大山深处的浪坝寨村委会，成为一名最年轻的女村干部。

● 3　浪坝寨是怒江州泸水市鲁掌镇的一个村委会，深藏于重峦叠嶂的大山之间，海拔 1720 米，年平均气温 16 摄氏度。村民们常年种植核桃、草果、刺龙苞等经济作物，但是交通闭塞、信息滞后、销路不畅。

● 4　和倩如到浪坝寨任村干部的第三天，村委会老主任带着她入户走访，车行到半路时看到一位村民背着满满的一筐东西，不停地向他们挥手打招呼。

●5　到了跟前一看，挥手的是一位满头白发的老爷爷，他背了一筐蔬菜，手里还提着一篮鸡蛋，准备到镇上去卖。

●6　老爷爷黝黑的双手被冻得通红，而他额头上却渗着热汗。和倩如看到这一幕，鼻头一酸，按老爷爷的售价买下了那一篮鸡蛋。

一幸福都是奋斗出来的

十一 怒江脱贫攻坚故事连环画选

●7　这次路遇，和倩如看在眼里疼在心上，她从那一刻起就下定决心：一定要为村民们做点儿实事，不能辜负青春年华和村干部的职责。

●8　乡下比起城里是很艰苦的，要适应生活环境，吃得了苦。刚到浪坝寨的时候，和倩如首先遇到的是吃饭问题，厨房简陋，不便做饭，买菜也不方便，于是就在村主任家里搭伙解决。

●9　上班时一起干工作，下班后就帮忙一起生火做饭，这样持续了将近3个月，和倩如说，那对于她来说是很好的锻炼。

●10　后来，村里来了扶贫工作队，大家就在一起开火，分工轮流做饭。工作队也会自己种点蔬菜，体验劳动，享受劳动带来的收获。

●11　和倩如说："在农村工作是处于一个比较特殊的工作环境，很多问题遇到了不去思考、不去想办法解决，问题就会越堆越多，工作也会越来越难开展，甚至还会被环境所孤立，当一件件困难被解决后会发现工作越来越顺畅、越来越轻松。"

●12　多方实地考察后，和倩如和扶贫队员张明芳为村里选择发展羊肚菌种植，预计每亩地可以增收 4000 元以上。她们向政府申请了扶持资金 33 万元，还每人凑了 5 万元，成立了合作社。

● 13 2017年12月，她们开始带着村民种植羊肚菌，早上7点和村民下地干活，晚上9点多才收工回到宿舍，夜间还得干白天落下的村务工作。

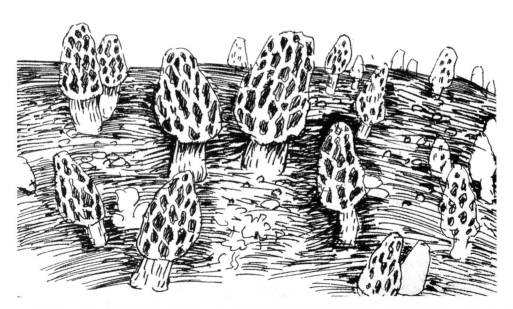

117

● 14 在4个多月的时间里，在和倩如和同伴的严加察看、仔细管护下，嫩生生的羊肚菌终于从地里破土而出，大棚里充满着丰收的喜人景象。

● 15　可是，美景只是昙花一现。当年雨季来得早而且雨量大，长时间的降雨使大棚下成为一片被水浸泡的涝地。

● 16　地里刚冒出来的羊肚菌，有好多被雨水淹坏了，看到这个糟糕的场景，和倩如心疼不已。一道难题摆在了和倩如的面前：把羊肚菌摘了吧，许多还不成熟；不摘吧，只能眼睁睁地看着菌子坏在地里。最后他们决定提前摘菌，这是减少损失的唯一选择。

● 17　和倩如和同伴们赶紧采摘成熟的菌子，但因没有烘干菌子的设备，她不惜花费大成本，把摘回来的羊肚菌拉到远处有烘干机的地方烘干。

● 18　随后，她又把另一部分新鲜的菌子拉到州府六库的菜市场里卖，寻求销售出路。

幸福都是奋斗出来的

怒江脱贫攻坚故事连环画选

●19　和倩如和同伴在菜市场里摆开摊子等待，穿梭不息的买菜人看的多、问的多，而买的却很少，羊肚菌的销路成了大问题。

●20　她们在菜市场里摆了一整天摊子，同伴张明芳身体不适，先回去休息了。和倩如继续守候到天黑，可卖出去的羊肚菌还是寥寥无几。

●21　晚上，和倩如和张明芳在看账簿记录，和倩如问："今天卖出了几斤？"张明芳答："他们告诉我，好像是 8 斤吧。"和倩如又问："员工工资多少钱？"张明芳答："13.68 万元。"

亏了17万元，亏得太多了。

●22　算了一下账，这次种羊肚菌亏了本。翻开本子，里面详细记载着 5 万元的借款明细，是和倩如当初为了成立合作社欠下的。它们是奶奶一年的积蓄，姑姑和哥哥的信任以及朋友们毫无保留的支持。这些记录在册的一笔笔债务压在和倩如的胸口，想起自己当初的设想与期待，想起借债时的承诺，和倩如的内心犹如村外流淌的鲁腮河一样无法平静。

● 23　和倩如家在怒江州府泸水市经营着一家 4S 店，家境殷实，而倩如又是四个孩子中唯一的女孩，最受父母和家人疼爱。

● 24　原本在爸爸的规划中，掌上明珠应该在昆明过着富足的生活，可没承想，这个从来没有违背过家人意愿的乖乖女，毕业时突然执拗着要去农村，这让爸爸一直不能释怀。

● 25　爸爸的担心并非多余，因为怒江的交通状况不好，尤其到乡下的路况较差，时有山体塌方、滚石等威胁着过往车辆及行人的安全。爸爸担心女儿在农村吃不起苦，担心女儿经受不住工作中的挫折……而和倩如并非爸爸想象中的那样娇弱。

● 26　浪坝寨扶贫工作队队长张雪梅评价和倩如说："她虽然年纪轻，个子小，但却胸怀大格局。她很有上进心，遇到困难、挫折，她总能认真思索、刻苦钻研，并想出解决问题的办法来。"

● 27　这一次种羊肚菌没有盈利反而亏本，除了雨水浸泡毁损，还有销售无门。能否利用互联网开个网店打开销路呢？经过反复思索，和倩如决定立即付诸行动，迈开万事开头难的第一步。

● 28　和倩如上大学期间尝试过做网络主播，她琢磨着把开网店和开直播结合起来，以此来宣传、推销村民们的山货。于是，她购买了电脑、耳机、麦克风等用于直播的设备，并努力学习钻研相关的知识，为她的计划做好了准备。

● 29 2018年4月18日，和倩如的网店正式营业了！一个月以后，她等来了网店的第一单——1斤草果，下单的是湖北武汉的一个客户，她很兴奋！但没有物流怎么发货呢？通过成本核算，从村里到镇上光路费就要30元，邮费10元，这是一单赔本的生意啊！如果销路打不开，肯定做不下去。

● 30 在怒江边坐着溜索直播是和倩如的新尝试。过溜索是怒江人一种古老的渡江方式。溜索是横陈于怒江之上、两头固定在江两岸、有一定倾斜度的钢索，渡江者用绳子捆住身子并挂在装有滑轮的溜帮上，借助溜帮在溜索上快速划行而从此岸飞渡到彼岸。

● 31　在怒江上过溜索，需要具备一定的勇气和冒险精神才敢为之，因为人悬挂在半空并在溜索上飞速滑行的过程充满着惊险与刺激。别看和倩如生得小巧文静，可她内心坚毅果敢，她希望通过对自我的挑战给村民的羊肚菌打开销路。

● 32　在朋友的协助下，和倩如背着装有羊肚菌等山货的背篓，一面上了溜索，一面打开手机开始了直播。只见他们双脚一收就开始悬空滑行，钢索与滑轮的摩擦声和她的惊呼声交织在一起。

● 33　只用了十几秒钟，和倩如便飞越了怒江，到达了对岸。第一次过溜索的紧张心情导致直播中忘了些词，和倩如遗憾地对等她的伙伴说："刚刚我好像忘记介绍我的羊肚菌了。"伙伴回答她："不怕不怕，表现多么优秀啊！刚才还有人问，已经卖出去了呢。"

● 34　第一次直播虽然只销售了几单，却给和倩如的淘宝店带来了不少的人气，这大大地鼓舞着她采用电商推销深山农特产品的信心。一个月后，村里的樱桃熟了，和倩如又借助互联网打造"甜过初恋的樱桃"品牌，没想到，5000多名游客慕名而来，村子里的樱桃一下子全卖完了。

幸福都是奋斗出来的　　怒江脱贫攻坚故事连环画选

● 35　这一天，浪坝寨的村民聚集在一起开会，和倩如向村民们介绍利用互联网进行网购和网售的相关知识。虽然山里的村民们有好多还不知道这些新名词和新鲜事，但大家都很好奇，并想参与其中售卖自己的农产品。

● 36　和倩如把自己开网店和直播推销农特产品获得的好经验介绍给村民，动员村民们参与到通过互联网销售山货、让民族的产品走向世界这个时髦的行动中。听了和倩如的介绍，村民们都很高兴，现场报名的人可不少。

● 37 凡是要参与网售农产品的村民都需现场报名，并且把自家积存农产品的名称和数量填写上。为把通过网络直播推销山货的事情做好，和倩如还得给村民们做相关的培训。利用晚上的休息时间，和倩如召集了村民们在村委会上网络直播培训课。

网络销售

● 38 村民们积极响应和倩如的倡议，大家来到浪坝寨村委会，和倩如打开大屏幕，给大家介绍网络销售的情况。和倩如说："在我们的培训开始之前，我给大家看个视频吧。"

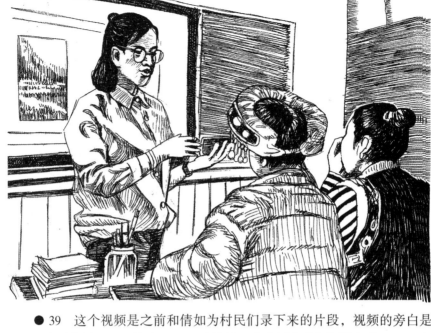

● 39 这个视频是之前和倩如为村民们录下来的片段，视频的旁白是"欢迎来到直播间"。镜头下，阿香等村民身着漂亮的傈僳族服饰，逐一在视频里亮相，她们质朴而优雅。和倩如问大家："这是谁啊，大家看一下，是村民阿香吗？"

● 40 村民们看到视频里自己的样子，像电影、电视剧里的镜头一样，既感到新奇又感到好玩，大家对视频里的形象你一句我一句地谈论着。培训课堂里不时传出一阵阵的笑声。

●41 村民们对网络直播很感兴趣，但不知怎样才能把它做好。和倩如特地邀请了直播经验丰富的网友，请她给予指导。村民们逐渐明白了对着直播镜头时该怎样穿着，怎样拿捏表情，怎样介绍自己的山货产品。

●42 和倩如说："请看一下我们年龄最大的一位网红。"视频里显示一位60多岁的白发老人端着一盒鸡蛋说："卖鸡蛋啰！卖鸡蛋啰！"和倩如问："我想问一下大爹，鸡蛋在哪里啊？"老人回答："鸡蛋在家里面。"又是一阵开怀的笑声。

● 43　和倩如又问："那我们现在要把这个东西卖出去，哪一位来做个示范？"女村民端着一篮鸡蛋呈现在镜头前："无公害的土鸡蛋，所以我要带到直播里面去卖。"

● 44　接着，村民们大大方方地一个接一个地介绍自己的山货产品，只见一位穿着泸水傈僳族服饰的村民端着盛着香菇的簸箕说："我自己采来的香菇哦，是今天从山上找回来的，希望大家多多关注。"

●45　然后是年轻村民莫子龙放牧的镜头，莫子龙说："希望大家多多关注我们怒江的黑山羊。"……和倩如说："现在有一些人主动联系我们，想来做代理。我们可以通过各式各样的方法，让我们的山货走得更远、卖得更多。"

●46　经过几次培训和彩排后，一场正式的推销山货农特产品的直播拉开了帷幕。这一次的直播，和倩如特地选择在鲁掌镇一年一度的"刀山火海"文化节的现场，她要借助民族文化特色来增强直播的分量和吸引力。

幸
福
都
是
奋
斗
出
来
的

怒
江
脱
贫
攻
坚
故
事
连
环
画
选

●47 这场直播吸引了 18 万多名粉丝观看，和倩如在直播中把村民们的山货和农特产品一一介绍出去。而今天，父亲和耀中也来到了节目现场，这一次，他终于明白了女儿的选择没有错。

●48 许多人通过网络认识了和倩如和浪坝寨，并了解、熟悉其故事，他们愿意帮助村民，购买村民的农产品。村民们也主动要求加入电商销售的队伍，与和倩如一起搭建了网络直播间。

●49 现在，浪坝寨村委会已经建起了电子商务公共服务点和物流配送点，为村民们的山货农特产品进入电商平台提供了有效的服务。互联网销售初见成效，很多人通过网络知道了浪坝寨这个村庄。

●50 电商不仅改变着村民传统的商品交易模式，也让全村人的生活方式悄然发生了变化。大家经常聚在一起探讨微信、抖音、快手和今日头条，琢磨着如何把村里的干货销售到外地，把新鲜的农产品卖到附近的城镇。和情如说："虽然大峡谷的天气变化莫测，但是我的心却越来越坚定。我很喜欢一句话：'虽然不知道我们能不能做好，但是只要努力去做，我相信它会变得越来越好，哪怕只是一点点……'"

在创业中扶贫的李青艳

● 1　2019年10月，怒江州召开脱贫攻坚表彰大会，表彰了一批在脱贫攻坚中涌现的典型人物，兰坪白族普米族自治县三江科贸服务有限公司总经理李青艳是受表彰者之一。她的故事要从电脑刚进入人们的工作和生活开始。

137

● 2　1998年，20岁的白族姑娘李青艳从一所中专学校毕业，她在校时学的专业是电算化会计。当年，电脑还没有普及使用，懂得电脑知识、能熟练操作计算机系统的人少之又少。那时，党政机关以及企事业单位的公文、文档材料等各类纸质文件的制作，还依赖于老式打字机和钢板蜡纸刻印或者手写形式，各部门、各单位都紧缺计算机方面的人才。

● 3　凭着所学的专业知识，李青艳可以轻而易举地在机关单位找到一份既轻松又有固定工资的好工作，然后过着优雅的白领生活。可是李青艳却回到了家乡，她的从业选择与同龄人大相径庭，那是因为她有着自己的理想和抱负。

● 4　当年，在改革开放大浪潮的推动下，李青艳没有走进机关单位，而是选择了自主创业。自主创业既面临着诱人的市场红利，也面临着危险的市场风险，而初生牛犊不畏虎的勇气促成了她创业的决心。

●5 李青艳的父亲是一名乡村教师，母亲是缝纫社职工，他们通过向银行贷款和向亲友借款筹到了一笔资金，并在自家的土地上盖了一所房子。这所房子就成了李青艳创业的关键场地——三江科贸服务有限公司成立了。

●6 起初，李青艳创办的公司以电脑销售为主要经营项目，不大的店铺雇请几位员工，联系货源、采购耗材兼送货上门服务，她公司的业务大受社会欢迎。

●7　20世纪90年代，电脑逐步进入大众工作和生活，社会上计算机操作和应用的范围很广，需求很大，人才紧缺。三江科贸服务公司的业务供不应求，加之李青艳在经营管理上的精心谋划和注重细节，创业初期的那几年，李青艳的公司办得红红火火，并赚到了创业成功的第一桶金。

物载德厚

●8　可是，随着岁月推进，市场日渐发达，电脑耗材销售领域出现了竞争，并且一天比一天激烈，三江科贸公司的年获利率大不如前。精明的李青艳明白公司靠盈利生存的道理，她及时思索着应对市场、调整经营的思路。

● 9　2000 年以后，劳动力就业难的问题已在兰坪白族普米族自治县（以下简称兰坪县或兰坪）凸显，具有敏锐感知力和预见性的李青艳已经看到在这方面可以有大作为，于是她把公司整改转型的方向瞄准到了这个焦点。恰好在这个时候，县里出台了提倡和鼓励农村劳动力转移输出的政策和措施。

● 10　2007 年，李青艳向县里有关业务部门咨询、了解了劳动力输出政策和调研了劳动力闲置情况后，她果断作出了决策：三江科贸服务有限公司开始搭建劳动力资源转移平台。

● 11　那一年，三江科贸服务有限公司拓展了"三江人力资源市场"业务，顺理成章地成为兰坪县第一个农民工与用工方之间的中介机构。李青艳凭借着一腔青春热血和一股子上进心，跑上跑下，忙活着公司的管理和各项业务。

● 12　创业之路充满历练，而这也是获得经验和增长智慧的征途。2008年初，三江科贸有限公司与广州东莞电子厂多次联系、沟通，双方谈成了一单劳务输出、聘用的用工协议。

● 13　李青艳满心欢喜，随即发布了用工招聘信息，许多长时间找不到工作的待业者纷纷涌来报名，大伙儿都抱着到沿海和东部地区挣钱的期望，县里也托付三江人力资源市场把这件劳务输出的事办好。

● 14　这些报名的民工大部分来自农村，还有的来自偏僻山区，文化水平参差不齐，但看到他们期望的眼神，李青艳一下子从报名者中挑选了89个人，并垫付了5.4万多元的路费，确定了带民工到广东务工的日程。

●15 那年春节刚过，李青艳带着民工们踏上了到广东打工的千里之行。从县里乘夜班车到昆明，接着又改乘火车，奔波三天两夜之后，终于到达了珠江三角洲的中心城市之——东莞。

●16 按照对方的用工要求，要对这批89名民工逐一考核后才能入厂上岗。但是，结果出乎意料：东莞电子厂以民工缺乏技术、语言沟通有障碍为由，将之前联系协商好的民工工资薪酬减少了，这让李青艳始料未及。

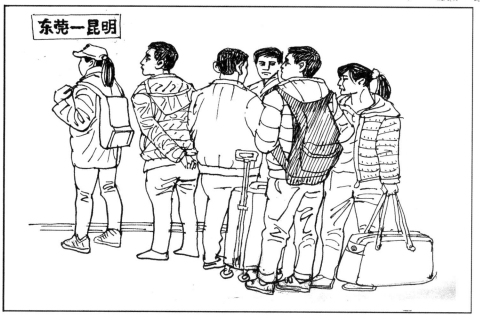

● 17　在与厂家协商无果的情况下，这批民工不接受工薪标准，不愿意进入电子厂打工。他们有的要求返回家乡，有的临时就地就近找了一些小企业打工。李青艳感到无比的委屈和沮丧。

● 18　望着从家乡带出来的民工失望离去的身影，想着自己忙忙碌碌奔波20天仍一无所获，李青艳奔回宾馆抱着被子放声大哭了一场。泪水中，乡亲们渴望务工的眼神、各级领导多次到公司指导的情景，以及亲人们的期盼等，一幕幕在她的脑海里闪现。

●19 李青艳咬咬牙，吞下所有沮丧和委屈，收拾行李，回到了家乡。这次东莞之行，让她明白了输出农民工必须先使他们具备用工方所要求的条件：有文化、有技术是农民工外出务工的底气。

●20 吃一堑长一智。于是李青艳调整了公司开办的业务，在原有中介业务中增加了农民工务工业务培训课。并于两年后创办了"三江职业培训学校"，开始招收农民工和下岗工人入校学习各种实用技术。

●21　三江培训学校推出的技能培训科目从电脑操作、图文设计到化妆、美容、美发，从餐厨烹调到家政服务，从家用电器的安装维护到工程机械驾驶操作等，涵盖了诸多方面。凡是经公司推荐外出务工的人，必须先在培训学校接受技能培训。

●22　三江培训学校技能培训班的开办深受社会欢迎，公司的业务扩大了，培训学校的科目多了。李青艳事必躬亲，不论是从招收学员到聘请授课老师，还是从课时安排到毕业考核，她都亲临现场给学员们打气鼓劲。

● 23　从培训学校毕业的学员是三江人力资源市场推介外出务工的主流，李青艳带了一批又一批乡亲，或坐动车或乘飞机前往他们向往的城市，再也没有遭遇过2008年送民工到东莞电子厂时那样的尴尬事。

● 24　经李青艳送出去务工的农民工乡亲遍布了上海、江苏、广东等地，这些送出去的务工者中有做美容美发的，有从事酒店管理的，有做餐饮服务的，有做城市保洁的……

● 25　转眼 10 年过去了，培训学校先后组织了农场主、新型农民、城镇失业人员岗前培训、科普知识、创业培训、美容美发、酒店管理、餐饮服务、家政保洁，以及养殖业等各类实用技能培训班 322 期。

● 26　参加培训的人数达 19700 多人次，深入偏远贫困地区完成劳动力转移培训 21600 多人次。三江人力资源市场共完成劳务输出 14600 多人次，职业介绍8200 人。

● 27　做好外出务工人员的后续服务工作也成为李青艳极为重视的事情。三江人力资源市场在和用人单位签订用工合同时，会积极协调劳务派遣农民工和用工单位之间的用工问题，切实落实好农民工的各种保险、待遇以及农民工的合法权益的保障工作。

● 28　这样管理运作，公司既方便了外出农民工的管理、保障了农民工的合法权益、稳定了农民工队伍，同时也促进了用人单位与农民工之间的和谐稳定，为就业困难群体搭建起的平台运转得更好。

● 29 当看到本地农民工进入三江培训学校学习而获得了一技之长，当看到他们用技能换取到了一份收入，李青艳心里获得了莫大的慰藉。她回顾了创业以来走过的路，在成长中遇到的挫折，以及企业整改、转型后获得的成功，让她看到未来充满希望。

● 30 李青艳明白，如果当初自己创办公司是为了就业谋生，那么创业成功之后的企业就应该逐渐回馈社会，尽到社会责任。所以她把自己企业的经营运作与当下的脱贫攻坚工作结合到了一起。

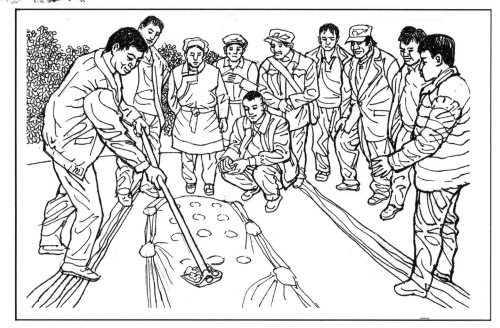

● 31 为了让公司基地周边的农户，特别是不方便外出务工的人也有活可干，并增加其土地产值，李青艳聘请有经验的药材种植老师，为农户提供专业的栽培技术和课程讲解，先后有 300 多人参与其中。

● 32 在她的动员下，很多农户把闲置的土地利用了起来，加入了公司的药材种植基地，提高了土地的收益。"公司＋基地＋农户"的中药材种植业发展模式，有效地解决了当地一部分农民的就业问题，使不能外出务工的农民在家门口也能挣到钱。

● 33　随着国家的扶贫政策越来越好，农村的发展变化也越来越大，但李青艳发现，残障人士的处境不容乐观，这部分人的脱贫成为脱贫攻坚工作中的难点。为配合、协助政府解决残疾人的脱贫问题，李青艳准备再次创业，助力脱贫攻坚。

● 34　李青艳拿出自己多年的积蓄，于2016年创办了兰坪百川民族文化服饰有限责任公司，探索以服装产业带动建档立卡贫困户，特别是残疾同胞脱贫、致富的有效途径。

幸福都是奋斗出来的——怒江脱贫攻坚故事连环画选

● 35　公司在兰坪县北区易地搬迁点成立了百川服饰扶贫车间，截至 2019 年 12 月，车间共招收员工 50 名，其中建档立卡贫困户 40 名，残疾员工 10 名。一名员工一个月最高可挣到 3000 元左右，最低也有 2000 多元，扶贫车间的建立让这部分贫困户和残疾人有了稳定的收入。

● 36　同时，公司注重"授人以渔"的生产方式，在工作实践中，广大员工学习到了缝纫、绣花、裁剪、手工艺品制作等技能。不光解决了当地劳动力就业和留守儿童、留守老人等一系列社会问题，还极大地提高了农村劳动力的素质。

● 37　2017年，在兰坪县妇联的关心和支持下，公司积极争取到农业发展基金贷款项目，并成立了兰坪百川民族文化服饰有限责任公司妇委会，吸纳了50名妇委会成员，其中建档立卡贫困户17人，协助完成了160人次的妇女手工艺品加工及缝纫技能培训。

● 38　如今，李青艳创办的三江科贸服务有限责任公司旗下已经衍生出三江人力资源市场、三江职业培训学校和兰坪百川民族文化服饰有限责任公司等多家企业，任总经理的她，成功地走出了在创业中扶贫、在扶贫中创业的发展路子，成为自主创业成功并获得良好口碑的民营企业家。

● 39　许多经过三江职业培训学校培训后就了业的人感恩李青艳。营盘镇恩罗村村民和彦忠说："没学历、没技术，找一份好的工作真不容易。前年，我有幸参加了三江职业学校的烹饪培训，李经理还推荐我到昆明一家餐饮店做厨师，每月收入 6000 多元，日子过得还不错。"

● 40　"要不是李经理，我还不知道怎么往下过日子呢。"蒋花因为右脚残疾，无法从事体力劳动，生活过得十分艰苦。2017 年，她到百川服饰公司工作后，公司采取保底工资加计件的方式计算薪酬，她每个月最少也能拿到 2000 多元。公司不仅包吃包住，还为她买齐了保险，上班时间固定，节假日都能休息，她对现在的工作很满意。

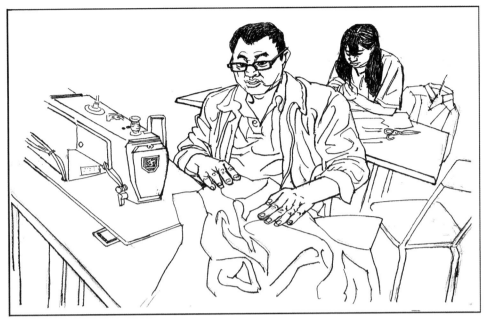

●41　杨海泉夫妇是金顶镇官坪村建档立卡贫困户，杨海泉双腿残疾，妻子有听力障碍，以前靠种田为生，儿女上学需要钱，一家人吃饭需要钱，没有稳定的经济收入，他们家的日子过得很窘迫。

157

●42　现在，杨海泉夫妇被百川服饰聘用，成了服装生产线的骨干。"保底工资每月 1200 元，加上计件工资，每人每月收入 2000 多元。只要产品销路好，我们就吃穿不愁。"杨海泉说。

●43 百川民族文化服饰公司加工生产的服装远销国外，引起外国朋友的关注，有的专程来到公司考察学习。一滴水足以反射太阳的光辉。经过了十几个年头的艰苦创业，李青艳的公司不断茁壮成长，连续五年荣获"云南省巾帼创业创新示范基地""云岭职工人才工程示范点"等称号。

●44 2015年，三江科贸服务有限责任公司荣获云南省政府颁发的第六届"云南青年创业省长奖"提名奖；2016年，获由中华全国总工会颁发的"全国工人先锋号""云南省五一劳动奖""云南省农民工工作先进集体"等荣誉称号。